Copyright © 2003 Uitgeverij Clavis, Amsterdam - Hasselt
Dual language copyright © 2004 Mantra Lingua

First published in 2003 by Uitgeverij Clavis, Amsterdam - Hasselt
First dual language publication in 2004 by Mantra Lingua

Published by Mantra Lingua
5 Alexandra Grove, London N12 8NU
www.mantralingua.com

ফ্লপির বন্ধুরা

Floppy's Friends

Guido van Genechten

Bengali translation by Sujata Banerjee

mantra

স্কুলের পর প্রত্যেকদিন ফ্লপি তার
বন্ধুদের সাথে খেলা করে।
ছোট-বড়, সাদা-কালো সকলেই ফ্লপির বন্ধু।

Every day, after school,
Floppy went out to play
with his friends.
Floppy's friends were all
sizes and colours but...

তারা সকলেই তাদের নিজেদের মত দেখতে খরগোশদের দলেই কিন্তু শুধুমাত্র খেলা করে।

they only ever played with the rabbits who looked like them.

"ইস্, কি ভালই না হয় যদি সকলে মিলে একসঙ্গে খেলা যায়," ফ্লপি ভাবে।

"I wish we could all play together," thought Floppy.

ছুটে প্রথমে ফ্লপি সাদা খরগোশদের সাথে
গাজর-ফেলা-বারন খেলাটা খেলতে যায়।

First Floppy ran to play don't-drop-the-carrot
with the white rabbits.

ফ্লপি একবারও গাজর ফেলেনি, এমনকি যখন
সে এক পায়ে লাফাচ্ছিল তখনও না।

Floppy didn't drop the carrot once,
not even when he hopped on one leg.

তারপর ফ্লপি ধূসর রঙের খরগোশদের সাথে ঘুড়ি-ওড়ানো খেলা খেলে।
"উঁচুতে ছোঁড়, আরও উপরে ধর!" ফ্লপি সমানে বলতে থাকে।
"এইইই দেখ কোথায় যাচ্ছ।"

Next Floppy played fly-a-kite with the grey rabbits.
"Up, up and away!" chanted Floppy.
"But watch your landing."

তারপর ফ্লপি বাদামী রঙের খরগোশদের সাথে ব্যাঙ-ঝাঁপানো খেলা খেলে।
"এইইই, আরও জোড়ে লাফাও-উপরে ঝাঁপাও!" ফ্লপি সমানে বলতে থাকে।

Then Floppy played leapfrog with the brown rabbits.
"Jump up and jump over!" chanted Floppy.

সবশেষে ফ্লপি কালো খরগোশদের সাথে ট্রেন-ট্রেন খেলা খেলে।
"আমি ড্রাইভার হবো?" ফ্লপি জিজ্ঞাসা করে।
"ঠিক আছে বাবা, ঠিক আছে," কালো খরগোশেরা বলে।
তাদের এখনো মনে আছে যেদিন ফ্লপি কিছুদিন আগে ট্রেন
খেলায় মাঝখানে দাঁড়িয়ে ছিল সেদিন ধাক্কা দিয়ে কি বিরাট
এক দুর্ঘটনাই না বাঁধিয়েছিল!

Finally Floppy played trains with the black rabbits.
"Can I be the driver?" asked Floppy.
"Ok," said the black rabbits. They remembered the last time Floppy
was in the middle of the train, he caused the most enormous crash!

পরেরদিন বিকালে একটি গাছের নীচে একদম একা দাঁড়িয়ে এক খরগোশ।
তার গায়ের রঙ সাদাও না আবার ধূসরও নয়। সে বাদামীও না আবার কালোও নয়।
তার সারা গায়ে সাদা আর বাদামী রঙের ছোপ্-ছোপ্ স্পট।
সব খরগোশদের মজার খেলা খেলতে দেখে তারও খুব খেলতে ইচ্ছা করে।
কিন্তু সে নতুন এসেছে তাই কাউকে চেনেওনা আর তাদের খেলাও জানে না।

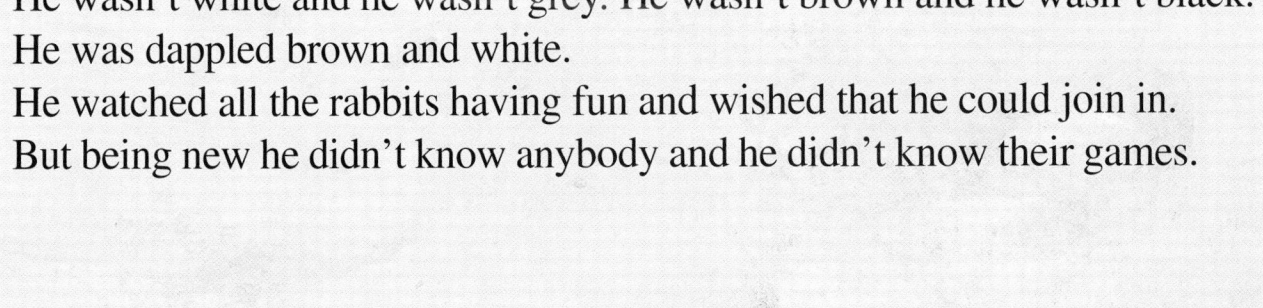

The next afternoon under a tree stood a lonely little rabbit.
He wasn't white and he wasn't grey. He wasn't brown and he wasn't black.
He was dappled brown and white.
He watched all the rabbits having fun and wished that he could join in.
But being new he didn't know anybody and he didn't know their games.

ফ্লপি ঐ নতুন খরগোশকে দেখতে পেয়ে তার কাছে যায়।
"এইই-আমার নাম ফ্লপি। তোমার কি নাম?" সে বলে।
"স্যামি," সেই বাদামী-সাদা রঙের খরগোশ বলে।
"চলো আমাদের সাথে খেলবে," ফ্লপি বলে।
"কিন্তু তোমাদের ঐ সব খেলা আমি
তো জানি না," স্যামি বলে।
"আরেও, কিচ্ছু ভেবোনা। আমি তোমায়
শিখিয়ে দেব," ফ্লপি বলে।

When Floppy saw the new rabbit he
went over to him. "Hi, I'm Floppy.
What's your name?" he asked.
"Samy," said the dappled rabbit.
"Come and play," said Floppy.
"But I don't know how to play
your games," said Samy.
"Don't worry. I'll show you,"
said Floppy.

ফ্লপি স্যামিকে গাজর-ফেলা-বারন খেলাটা দেখায়।
ফ্লপি মাথার উপরে গাজর চাপিয়ে চলতে শুরু করে।
"আরে বা! দারুন তো!" স্যামি বলে।

Floppy showed Samy don't-drop-the-carrot.
Floppy put the carrot on his head and off he went.
"Cool," said Samy.

এবার স্যামির পালা। সেও মাথায় গাজর বসিয়ে হাঁটে।
"বলেছি না, একেবারে সোজা!" ফ্লপি বলে।

Then it was Samy's turn. He put the carrot on his head.
"See, it's easy!" said Floppy.

"আমি কিন্তু একটা দারুন মজার খেলা জানি,"
স্যামি বলে, "লাফিয়ে-থেমে-সিটি।"
"দেখাওতো কিভাবে খেলে?" ফ্লপি জিজ্ঞাসা করে।
"প্রথমে লাফাবে, তারপর থেমেই জোড়ে সিটি মারবে: টুইইইই!"
"দারুন-দারুন!" ফ্লপি হাসতে হাসতে বলে।

"I know a really cool game,"
said Samy, "skip-stop-whistle."
"How d'you play that?"
asked Floppy.
"You skip, stop and whistle:
Wheeee!"
"Cool!" laughed Floppy.

অন্যান্য খরগোশরা এবার দেখতে আসে কি হচ্ছে।
"এর নাম স্যামি," ফ্লপি বলে।
"স্যামি?" বড় খরগোশটা ফিক্ ফিক্ করে হেসে বলে,
"ওর নামটা স্পটি হওয়া উচিৎ ছিল।"
শুধু ফ্লপি বাদে সকলে হো-হো করে হেসে ওঠে।

The other rabbits came to see what was going on.
"This is Samy," said Floppy.
"Samy," giggled a big rabbit. "He should be called Spotty."
They all laughed, all except Floppy and Samy.

"স্পটি! স্পটি! এমা, স্যামির গায়ে ছোপ্-ছোপ্ স্পট!"
সকলে তারা একসাথে দলবেধে বলতে থাকে ঐ কথা।

"Spotty! Spotty! Sa-my is spo-tty!"
the other rabbits chanted.

“চুপ্ কর তোমরা!” ফ্লপি চ্যেঁচায়।
“স্যামি একটা দারুন খেলা জানে।”
“হুঃ, তাই বুঝি! সেটা আবার কি দেখি?”

“Stop it!” shouted Floppy.
“Samy knows a really cool game.”
“Oh yeah! What’s that?”

"ওড়াও গাজর-ঘুড়ি-ঝাঁপাও ব্যাঙ-ট্রেনে-লাফিয়ে-থেমে-টুইইইই।"
"সেটা আবার কিভাবে খেলে?"
বড় খরগোশটা জিজ্ঞাসা করে।

"Fly-a-carrot-kite-leapfrog-on-the-train
with a skip, stop and whistle."
"How d'you play that then?"
asked the big rabbit.

"আচ্ছা, বেশ," ফ্লপি বলে। "মাথায় একটা গাজর রাখবে,
তারপর ঘুড়ি ওড়াবে, ব্যাঙের মত ঝাঁপিয়ে-ট্রেনে ওঠা, তারপর
একবার লাফিয়ে, থেমেই সিটি বাজাতে হবে: টুইইইইই!"
সব খরগোশেরা স্যামির এই মজার খেলা খেলতে শুরু করে।

"Well," said Floppy. "You put a carrot on your
head, fly-a-kite, leapfrog-on-the-train,
skip, stop and whistle: WHEEEE!"
All the rabbits joined in
Samy's cool game.

আর এখন ফ্লপির সব বন্ধুরা একসাথেই খেলা করে।

And ALL Floppy's friends played together!